La photo de classe

Pour Appoline, une lectrice pleine de vie.
M.

www.editionsflammarion.com

© Flammarion, 2014
Éditions Flammarion – 87, quai Panhard-et-Levassor, 75647 Paris Cedex 13
ISBN : 978-2-0813-0654-7 – N° d'édition : L.01EJEN001062.N001
Dépôt légal : janvier 2014
Imprimé en France par Pollina S. A. – novembre 2013 - L66516
Loi n° 49-956 du 16 juillet 1949 sur les publications destinées à la jeunesse.

La photo de classe

Texte de
Magdalena

Illustrations
d'Emmanuel Ristord

Castor Poche

Ce matin, Noé fait un peu la tête :
il porte des lunettes depuis samedi.
C'est la première fois qu'il vient en classe
avec ses nouvelles lunettes.
Tim lui saute dessus quand il arrive.
« Noé, tu es comme moi maintenant,
on sera copains de lunettes.
Je peux les essayer ? Trop la classe ! »
Noé se sent déjà mieux.

En classe, Maître Luc a écrit au tableau :

Jeudi, photo de classe !
Faites-vous beaux !

Basil dit :
« Être beau, ça ne se commande pas,
on va essayer d'être moins vilains ! »
Les filles gloussent dans leur coin.

Noé est gêné par ses lunettes.
Il se dit qu'il les enlèvera pour la photo
de classe !

Jeudi, photo de classe !
Faites-vous beaux !

Maître Luc demande :
« Avez-vous remarqué que, maintenant,
Noé porte des lunettes ?
– Oui, et elles lui vont très bien ! » dit Mia.
Noé rougit et remonte ses lunettes
sur son nez.

Maître Luc propose :
« Noé, et si tu nous racontais comment
ça s'est passé ? »

Noé est mal à l'aise, mais il passe quand même au tableau avec ses nouvelles lunettes sur le nez.

« Avant, je voyais tout flou au tableau. Alors, la semaine dernière, Maman m'a accompagné chez le médecin des yeux. On l'appelle un ophtalmo. Son cabinet est plein de machines. Il m'a demandé de lire des lignes de lettres sur un tableau lumineux. Elles sont super grosses sur la première ligne et deviennent minuscules en bas du tableau. »

Jeudi, photo de classe !
ites-vous beaux !

« Et à la fin, il m'a dit que j'étais myope ! conclut Noé.
– Ben, ça veut dire quoi ? demande Alice.
– Heu… que je dois porter des lunettes, dit Noé, qui ne sait pas vraiment répondre à la question.
– Moi, je sais ! dit Basil. Mon papa aussi est myope : il voit bien de près mais pas de loin, c'est pour cela qu'il porte des lunettes. »

Ana et Léa font la tête.
« Qu'est-ce que vous avez, les filles ?
demande Maître Luc.
– L'ophtalmo a dit qu'on voyait bien,
donc on ne portera pas de lunettes,
dit Léa, déçue.
– Mais chez le marchand de lunettes,
il y a plein de belles montures,
explique Ana, et on voudrait des montures
roses à paillettes !
– Et un beau boîtier qui va avec pour
les ranger et ne pas les casser, ajoute Léa.
– Eh bien, vous mettrez des lunettes de soleil
cet été pour vous consoler ! »
sourit Maître Luc.

Le lendemain, Maître Luc organise un atelier.
Il a apporté des livres que l'on regarde
du bout des doigts.
Il y a des albums avec des dessins en relief
dans des matières différentes.
Et des textes écrits avec des petits points
à la place des lettres.
Maître Luc explique :
« C'est du braille, l'écriture des malvoyants. »

Braille
OUCHE

Le mercredi, Noé retourne chez le marchand de lunettes avec sa maman et ses sœurs. Ses branches de lunettes lui font mal derrière les oreilles.

Ana et Léa essaient des lunettes de soleil, pendant que l'opticien règle bien la monture de Noé.
Elles se regardent en faisant les belles devant les miroirs.
« J'adore ! dit Ana.
– Moi aussi, j'adore trop ! » dit Léa.
En sortant du magasin, leur maman promet de leur acheter des lunettes de soleil pour l'été.

MP
ZUE
OHSAT
NLRVOXB
YOELKSFDI

Jeudi après-midi, le photographe arrive.
C'est la grande excitation dans l'école.
Mais personne ne se trouve assez beau !
Basil a les cheveux en bataille.
Tim a déchiré son pantalon pendant la récréation.
Et Selma a oublié de mettre sa jolie robe.

Noé ne sait pas quoi faire.
« Mia, à ton avis, je garde mes lunettes ou je les enlève pour la photo ? »
Tim, qui a entendu la question, intervient :
« T'es fou ! Il faut les garder, on se mettra à côté ! Ce sera rigolo.
– Moi, je vous trouve très beaux tous les deux avec vos lunettes », dit Mia, les joues roses.

Le maître propose de faire la photo dehors.
Le photographe dit :
« Les grands derrière, les plus petits devant. »
Et comme il ne connaît aucun prénom,
il ajoute en montrant du doigt :
« Toi, debout. Toi, à genoux. Toi, assis
en tailleur.
– Quel bazar ! dit Mia. On ne va jamais
y arriver. »

CE1

Maître Luc aide ses élèves à s'installer.
En un clin d'œil, chacun trouve sa place.

À la première photo, tout le monde fait la tête.
Le maître dit :
« J'ai une idée. On va un peu s'amuser.
On va tous faire une tête en colère,
puis on fera une grimace ! »

CE1

Le photographe joue le jeu et fait plein de photos.
Clic clac, « Parapluie. »
Clic clac, « Tahiti. »
Clic clac, « Ouistiti. »

CE1

Ana et Léa ont très envie de porter des lunettes. Elles chuchotent entre elles, puis Ana dit :
« Maître, si on prenait une photo avec nos lunettes de carnaval ? »

Pour la dernière photo, toute la classe porte des lunettes fantaisie, sauf Tim et Noé, qui gardent leurs lunettes pour faire plaisir à Mia. Finalement, Noé est content.

CE1

Toutes les photos sont affichées sur le mur du couloir.
Les parents peuvent choisir et commander celles qu'ils préfèrent.
Et la photo qui remporte le plus grand succès, c'est celle où tous portent des lunettes !

CE1
CE1
CE1
CE1

Retrouve les histoires de **Je suis en CE1** pour t'accompagner tout au long de l'année dans la maîtrise de la lecture autonome.

Déjà parus :

Premier jour de classe

À la bibliothèque

À paraître, *Une dent perdue* :

À la cantine, Basil croque sa pomme
et une dent reste plantée dedans.
Il y a un peu de sang.
Alice et Lou crient.

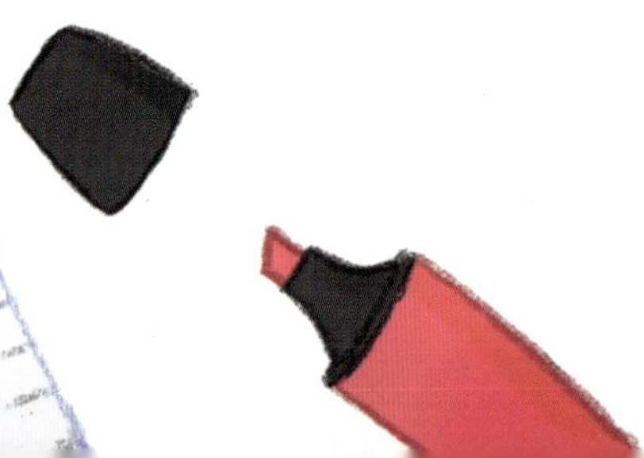

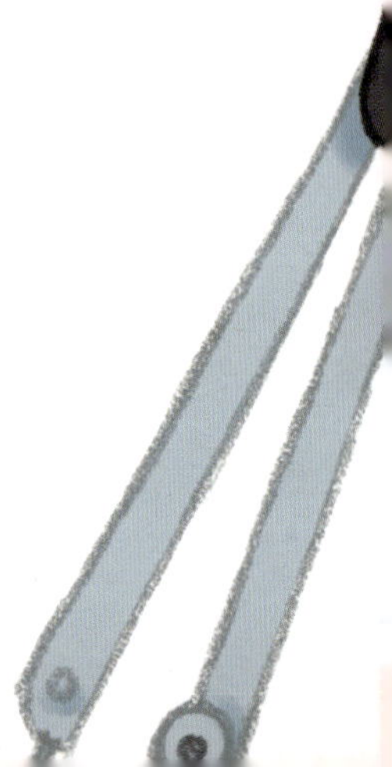